• SCÉALTA BÉALOIDIS AS NA CEITHRE hAIRDE •

An Pota Folamh

Scéal Béaloidis ón tSín

Charlotte Guillain a scríobh ◇ Steve Dorado a mhaisigh

 AN GÚM
Baile Átha Cliath

Raintree a chéadfhoilsigh in 2015 faoin teideal
Folk Tales from around The World: The Empty Pot.
www.raintree.co.uk

© Raintree, inphrionta de chuid Capstone Global Library Limited, comhlacht atá corpraithe i Sasana agus sa Bhreatain Bheag. Oifig Chláraithe ag 7 Pilgrim Street, London, EC4V 6LB. An chéad leagan Gaeilge © An Gúm, 2016.

Dearadh agus leagan amach: Joanna Hinton-Malivoire and Peggie Carley
Bunléaráidí © Capstone Global Library Ltd 2014
Steve Dorado a mhaisigh
Victoria Fitzgerald a léirigh
Capstone Global Library Ltd a thionscain
Arna chlóbhualadh sa tSín

ISBN 978-1-85791-918-9

Foilseacháin an Ghúim a Cheannach

Siopaí

An Siopa Leabhar (01) 478 3814
An Siopa Gaeilge (074) 973 0500
An Ceathrú Póilí (028) 90 322 811

Ar líne

www.litriocht.com
www.iesltd.ie
www.siopagaeilge.ie
www.cnagsiopa.com
www.siopa.ie
www.amazon.co.uk

An Gúm, 24-27 Sráid Fhreidric Thuaidh, Baile Átha Cliath 1

Na Carachtair

Cheng, garraíodóir
dícheallach

An tImpire

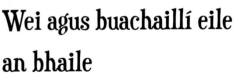

Wei agus buachaillí eile
an bhaile

Blianta fada ó shin bhí impire sa tSín.

Bhí an t-impire ag dul in aois agus bhí rud amháin a ghoill ar a chroí. Ní raibh aon chlann aige agus ní raibh a fhios aige cé a thabharfadh aire don impireacht ina dhiaidh.

Bhí sé cráite ar fad. 'Cé a thiocfaidh i m'áit?' a deireadh sé leis féin.

Bhí smaoineamh ag an impire lá amháin. 'Beidh comórtas againn chun an duine ceart a roghnú,' a dúirt sé.

Thug sé cuireadh do gach buachaill san impireacht páirt a ghlacadh ann.

Tháinig na buachaillí as gach cearn
den tSín go dtí an pálás chun páirt a
ghlacadh sa chomórtas.

Thug an t-impire síol an duine dóibh.

'An buachaill a mbeidh an planda is airde
aige, sin é an buachaill a bheidh ina impire
i mo dhiaidhse,' a dúirt sé.

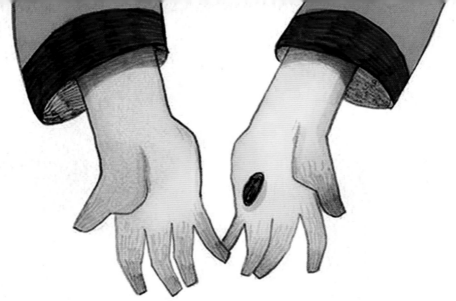

Bhí buachaill amháin ann a bhí ar bís
ar fad faoin gcomórtas. Cheng an t-ainm
a bhí air. Bhí sé beo bocht, ach b'iontach an
garraíodóir é.

D'oibríodh Cheng go crua i gcónaí.
Chuireadh sé uisce ar na plandaí gach lá
agus ghlanadh sé amach na fiailí ar fad.

Bhí sé breá dóchasach agus é ag siúl abhaile
ón bpálás agus an síol ina ghlac aige.

Chuir Cheng ithir i bpota. Rinne sé poll
beag san ithir agus leag sé an síol isteach
ann go cúramach. Ansin chlúdaigh sé an
síol leis an ithir arís.

Chuir Cheng uisce ar an síol gach lá.

Rinne buachaillí eile an bhaile an rud
ceannann céanna.

Ach mo léan, d'imigh an t-am agus ní raibh aon chuma ar an scéal go bhfásfadh síol Cheng.

Bhí buachaill saibhir ar an mbaile,
Wei an t-ainm a bhí air. Thosaigh Wei
ag maíomh go raibh an síol a chuir seisean
ag fás go tapa.

Thosaigh sé ag maíomh faoi chomh hard
is a bheadh an planda.

Ní raibh síolta na mbuachaillí eile ag fás
in aon chor agus bhí Wei lánchinnte de
go mbeadh seisean ina impire.

Sula i bhfad bhí gach buachaill ar
an mbaile ag maíomh faoi chomh maith is
a bhí a shíol féin ag fás.

Ach amháin Cheng bocht. Ní raibh
aon chuma ar an scéal go bhfásfadh an
síol a chuir seisean in aon chor. Bhí sé
in ísle brí ar fad.

D'imigh na míonna thart. D'fhás plandaí na mbuachaillí eile go hard agus bhí duilleoga orthu go tiubh.

Ach fós níor fhás síol Cheng.

Chuir sé an síol i bpota níos mó agus chuir
sé ithir nua isteach sa phota.

Ach fós féin níor fhás sé.

Thosaigh Wei ag magadh faoi Cheng agus
faoin bpota folamh aige.

Labhair Cheng lena thuismitheoirí faoin
scéal.

Ach dúirt siad leis go raibh sé ag tabhairt
aire mhaith don síol agus nach mbeadh aon
duine ábalta níos mó ná sin a dhéanamh.

I ndiaidh sé mhí ghlaoigh an t-impire na buachaillí ar fad ar ais go dtí an pálás. Tháinig na buachaillí eile ar fad agus planda mór duilleach ag gach duine acu.

Bhí náire ar Cheng bocht nuair a chonaic sé na plandaí eile agus gan aige ach an pota folamh.

Ach nuair a chonaic an t-impire pota folamh Cheng leath meangadh mór ar a aghaidh.

'Na síolta a thug mé daoibh," arsa an t-impire, 'bhí siad ar fad bruite!'

'Ní fhéadfadh ceann ar bith acu fás go brách!'

'Is é Cheng an t-aon bhuachaill macánta in bhur measc agus is eisean a bheidh ina impire i mo dhiaidh!'

Bhog Cheng agus a thuismitheoirí isteach sa phálás agus bhí saol fada sona acu ann.

Nuair a d'fhás Cheng suas bhí sé ar an impire ab fhearr a bhí ann riamh.

Críoch

An Ceacht

Is minic a bhíonn ceacht le baint as scéalta traidisiúnta. An ceacht atá le baint as an scéal seo ná nach féidir an fhírinne a shárú agus gur fearr a bheith ionraic i gcónaí.

Bunús an scéil

Ní fios cén uair a cumadh *An Pota Folamh* mar scéal an chéad lá. Ní fios ach gur sa tSín a cumadh é. Sular tháinig an teilifís, nó an raidió nó an ríomhaire ar an saol ba nós le daoine scéalta a insint mar chaitheamh aimsire agus mar spórt. D'imigh an scéal seo ó ghlúin go glúin ag seanchaithe na Síne ar feadh na gcéadta bliain. Bhíodh leaganacha difriúla den scéal céanna ag seanchaithe difriúla. In imeacht ama, breacadh an scéal síos agus scaipeadh é ar fud an domhain ansin.